W9-AGH-691

WITHDRAWN

Para Xia y Baron, buen perro – K. B.

Para Stefano, el niño de mi sueño – N. C.

Puede consultar nuestro catálogo en www.edicionesobelisco.com
www.picarona.net

La niña que vivía en el castillo dentro del museo
Texto de *Kate Bernheimer*
Ilustraciones de *Nicoletta Ceccoli*

1.ª edición: abril de 2014

Título original: *The Girl in the Castle inside the Museum*

Traducción: *Oriana Bonet Gras*
Maquetación: *Montse Martín*
Corrección: *M.ª Ángeles Olivera*

Primera edición en Estados Unidos publicada por Schwartz & Wade Books.
Esta edición ha sido publicada por acuerdo con Random House Children's
Books, una división de Random House LLC.

© 2014, Ediciones Obelisco, S. L.
(Reservados los derechos para la lengua española)

Edita: Picarona, sello infantil de Ediciones Obelisco, S. L.
Pere IV, 78 (Edif. Pedro IV) 3.ª planta, 5.ª puerta
08005 Barcelona - España
Tel. 93 309 85 25 - Fax 93 309 85 23
E-mail: picarona@picarona.net

Paracas, 59 C1275AFA Buenos Aires - Argentina
Tel. (541-14) 305 06 33 - Fax (541-14) 304 78 20

ISBN: 978-84-941549-8-0
Depósito Legal: B-530-2014

Printed in India

La niña que vivía en el castillo dentro del museo

Textos de Kate Bernheimer

Ilustraciones de Nicoletta Ceccoli

Picarona

Érase una vez, una niña
que vivía en un castillo.

El castillo estaba
dentro de un museo.

Cuando los niños iban al museo se acercaban
todo lo que podían alrededor del globo
de cristal donde estaba el castillo.

Habían oído decir que si miraban con atención,
podrían ver a la niña que vivía dentro,

la niña que vivía en el castillo dentro del museo.

Está allí, justo ahí. ¿La veis a través de la ventana?

Dicen que
siempre ha
vivido ahí.

Cuando los niños se van a sus casas, la niña se siente sola.

¡Oh, pero si es muy bonito!
Hay fosos y torreones
y lámparas brillantes.
Hay calles oscuras que serpentean
y que relucen con la lluvia.

El castillo es todo
música y armonía.

Hasta hay una torre, el lugar favorito de la niña.
Se sienta en esa torre.
Y allí, por la noche, sueña.
¿Qué sueña la niña del castillo
dentro del museo?

«Érase una vez...». Su sueño empieza del siguiente modo: «Un niño que vivía en una casa en lo más profundo del bosque.

Un día siguió un camino en el que había setas venenosas a cada lado hasta que llegó al museo para verme».

«Érase una vez...», la niña vuelve a soñar,
«Una niña que vivía en una ciudad en la que el sol
casi nunca brillaba.

Un día caminó por una calle con flores a cada lado

hasta que llegó
al museo para verme».

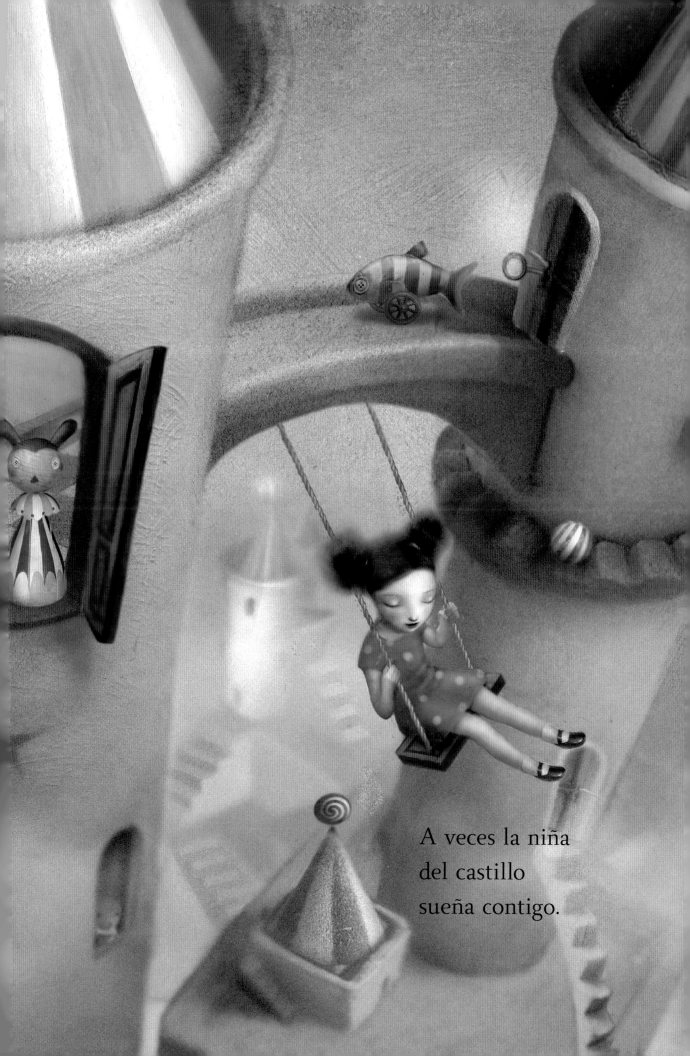

A veces la niña
del castillo
sueña contigo.

La niña se encuentra
sola cuando se levanta.

¡Pero mira!
Tiene
una idea.

Quiere una foto tuya para tenerla en la torre.
La colgará en la pared, al lado de su cama.
Así ya no te echará de menos.

*Querida amiga o amigo,
por favor, pon una foto
tuya aquí para mí.*

Ahora, en su cuarto y en sus sueños,

en el castillo que está dentro del museo,

dentro del libro que tienes en las manos,

le haces compañía en su mundo mágico.

¿La ves? Ella sí te ve a ti.